通化事件

日中戦争終結後の悲劇

山口覚《さとる》

文芸社

本書は私の父・山口覚の遺した手記である。

昭和二十年、満州国通化一二五師団に於て終戦を迎えた。私は技術部下士官として勤務についていた。下士官以上本部に集合せよとの連絡があり、本部に行くと杉原大尉から「今より陛下の玉音放送があるから皆な聞くように」といわれた。放送は雑音が入り、よく聞きとれなかった。おぼろげに戦争は終ったということだった。軍は、兵士は、どうなるのだ、今後どうするのか、何もわからなかった。

ただ茫然と日は過ぎた。一方、ソ連軍はすでに通化に進駐していた。通化中学に何日迄に兵器を返納する様にソ連軍より命令があった。

私たち挺身大隊はなすことは何もなくて降伏したのである。この師道学校に来て部隊が編成され、二ヶ月の短期間の出来事である。

ソ連軍は黒龍江を渡り無防備の満州国内に林口、佳木斯方面より進駐していた。武器はすべてソ連軍に返納するのである。私は大隊の小銃、軽機、弾薬を指定された場所に大八車に積み込んで返納を完了した。

　大隊はソ連軍の命令で吉林市に集結することになり、吉林に向け出発する。もはや軍の命令指揮系統は崩壊していた。経理の前田軍曹は隊の食糧をトラックに積み込んで、朝鮮方向へ脱出していった。

　私も米三十俵を大八車に積み、電電公社の社宅に向かい一俵ずつ配っていった。どうせ残していたらソ連軍、八路軍（中国共産党軍）に没収されてしまうからだ。私の食いぶちも米十俵程を大八車に積み、東昌街の深川さんの所迄運んだ。それから深川さんの所に身を寄せることになる。

大隊を脱出して深川さんの所に身を寄せていると、大隊の吉林集結部隊が軍靴の音も高らかに高く低くと消えていった。取り残された身の淋しさをしみじみとあじわったものである。

深川さんの家族は深川さんと妹さん、それに深川さんの友達と三人、私を入れて四人家族となった。終戦後のことで食糧も不足していた時である。米十俵は有難いものであった。みんなに感謝された。まして通化は東辺道のはずれで交通不便な辺境の地である。物品の不足は大変なものであった。深川さんは消防署の運転手である。妹さんもどこかに勤めていたようである。そこに二人の居候が来たので心中穏やかでなく妹さんがやりくりに大変心をいためていたようである。

一ヶ月位たって深川さんが「山口君、どこかに勤めた方がよくないか」といって田村旅館の政本さんの所に連れて行った。田村旅館の釜炊きとして住み込んだのである。

早速その日から田村旅館での生活が始まった。この田村旅館には牡丹江方面の引揚げ者が多数生活していた。

最初旅館の政本さんも料金をもらっていたが、引揚げ者の数がこの旅館に入りきれなくなると無料で住まわしておられた様である。

この頃よりソ連軍の兵隊狩りが始まっていた。ソ連の兵士が突然入ってきて、私に軍人ではなかったかと執拗に聞き二、三日詰問が続いた。他の人にも私のことをきいていたようである。そのような状況の時は、ほとんどの人が自分自分の身辺に嫌疑がかかるのをおそれて誰でも黙して語ろうとしなかった。

ある日、近藤という通訳の人が間に入って私は軍人でなく、田村旅館のボーイとしてずっと働いていたと説明してくれたので、難をのがれたのである。危機一髪の瀬戸際であった。吉林行きをのがれ残留した兵士は三十人か四十人はいたと思われる。

私が挺身大隊の兵器を返納している時、各看視哨に勤務していた歩哨兵の帰隊が遅れて返納できなくなった兵器が小銃三十丁、弾薬一万五千発、戦車地雷一箱が残ったので、今から返納するのもおかしいと思い、専員公署の裏山を掘り、以上の兵器を埋めてしまったのである。

自分一人ではできないので初年兵と一緒に大八車で運んだ。私はそしらぬ顔をしていた。

一ヶ月位過ぎた頃、八路軍の兵士が来て私に兵器を隠していないかと執拗にいった。後でわかった事だが兵器を専員公署の裏山に埋めるのを、一緒に手伝った初年兵の何某が八路軍に密告をしたのである。万事休すである。私は八路軍に兵器はないといい続けてたが、取調べがずっと続いた。

留置されるはめになってしまった残留日本兵の間で、兵器の情報を八路軍に報告するとシベリア行きを免れていた。一ヶ月くらい取調べは続いた。留置場暮らしである。当時は食事をするのも、ままならぬ時であった。

そこで考えた。「兵器を出して私の生活と身の安全を保障してもらえるならそうしよう」と。八路軍にその旨を伝え、兵器を出すことになった。現地に行き、掘り返してみると、そのまま、まだきれいな状態で残っていたので八路軍に返還した。

司令部に行き、兵器返納の書類と私を共産党（八路軍）の工作員としての証明書を手にすることになった。

八路軍には私の他にすでに山田という工作員がいた。年齢は三十五歳位の山師で別名北満の虎といわれ、牡丹江、林口方面よりの引揚げ者に恐れられていたようである。

以来私はこの山田工作員と一緒に仕事をすることになった。一方で私達若い工作員の共産教育が専員公署の二階で行なわれた。毎日二時間ばかりの教育で二ヶ月ばかり続いたが、苦痛でたまらず、病気と偽り出席を見合わせていた。何回も私の様子を探りに来ていた。先方もあきらめたのか、いつの間にか来なくなっていた。

私の他に天草の佐藤さん、北海道の西川さんの二人がいたが、この人達は奉天の国民政府軍の「ジャン・サイリョウ」と日本軍の伊藤中尉、特務機関にいた阿部大尉と連絡を取り合っていた。

通化地区という所は昔から八路軍の巣窟で国民政府軍が鎮圧するのに難攻不落の土地であったので、残留日本軍の手によって通化の平定を望んでいたようであった。八路軍の内部事情調査の目的の為、阿部大尉の指示に基づき西川、佐藤が工作員として八路軍に勤務することになった。

二人は私が八路軍の劉司令に紹介して私と共に八路軍の工作員として活躍することとなる。工作員の仕事はもっぱら残留日本軍の状況と満州国時代の警察、特務に従事していた人物の割り出しと終戦後の状況調査である。

八路軍の中には私達の他に以前よりいた、本当の筋金の入った日本共産党の工作員、山田、内海等がいてこれらによって八路軍の日本人狩りが始まったのである。通化の日本人は戦々恐々としていた。毎日不安な日々が続いた。工作員の中で最も恐れられていた工作員の中に内海と山田の両名がいたが、今日は誰が留置されるか街々には不穏な空

郵便はがき

料金受取人払郵便

新宿局承認

2525

差出有効期間
2025年3月
31日まで
（切手不要）

1 6 0-8 7 9 1

141

東京都新宿区新宿1－10－1

(株)文芸社

愛読者カード係 行

お名前《ふりがな》		明治 大正 昭和 平成 年生 歳		
ご住所《ふりがな》	□□□-□□□□		性別 男・女	
お電話番号	（書籍ご注文の際に必要です）	ご職業		
E-mail				
ご購読雑誌（複数可）		ご購読新聞 新聞		

最近読んでおもしろかった本や今後、とりあげてほしいテーマをお教えください。

ご自分の研究成果や経験、お考え等を出版してみたいというお気持ちはありますか。

ある　ない　内容・テーマ（　　　　）

現在完成した作品をお持ちですか。

ある　ない　ジャンル・原稿量（　　　　）

書　名			
お買上 書　店	都道 府県　　　　市区 郡	書店名	書店
		ご購入日	年　月　日

本書をどこでお知りになりましたか?

1.書店店頭　2.知人にすすめられて　3.インターネット(サイト名　　　　)

4.DMハガキ　5.広告、記事を見て(新聞、雑誌名　　　　)

上の質問に関連して、ご購入の決め手となったのは?

1.タイトル　2.著者　3.内容　4.カバーデザイン　5.帯

その他ご自由にお書きください。

(　　　　)

本書についてのご意見、ご感想をお聞かせください。

①内容について

②カバー、タイトル、帯について

弊社Webサイトからもご意見、ご感想をお寄せいただけます。

ご協力ありがとうございました。

※お寄せいただいたご意見、ご感想は新聞広告等で匿名にて使わせていただくことがあります。

※お客様の個人情報は、小社からの連絡のみに使用します。社外に提供することは一切ありません。

気が漂っていた。

阿部、伊藤中尉グループによる暗殺団なるものが組織されたのが、その頃であった。

その暗殺団の中に通訳をしていて、私をソ連の兵隊狩りより救ってくれた富永、近藤の二人がいた。

八路軍の工作員も私達の他に内海さんという根っからの共産党員の人がいた。彼は主義主張が激しく、日本人から恐れられていて、日本人の軍、警察、公務員の重要ポストにいた人々を八路軍に密告するので、次々ととらえられて、次は誰、次は誰かと毎日が不安な気持ちで過ぎていった。

阿部大尉のグループは彼を抹殺すべく決断したのであろう、平安街の路上、田村旅館の裏手で富永、近藤のグループによって背後より暗殺されたのである。鮮血は雪降る路上にべったりぬれていた。あお向けに倒れていた。八路軍の日本人に対する警戒心はこのことによって、日ごとに高まってくるのである。

国民政府軍は奉天、新京の主要都市はほとんど占領していて街は平穏で安定していたが、国民政府軍のジャン・サイリョウなる人物が通化に入り、阿部・伊藤のグループと連絡を取り合っていたのが東昌街の鶴峰さん宅である。国民政府軍の考えとして通化地区は、残留日本軍の協力によって通化の安定を願っていたようである。それで八路軍の殲滅工作がジャンさん・阿部グループによって、着々と練られていた。

八路軍は専員公署・県大隊・公安局の三ヶ所を手中に入れていて治安を維持していた。

一方でソ連軍は東満の牡丹江地区・密山、佳木斯方面・北満の黒河方面より進駐してきた。通化に入ったのは終戦の年の十日頃であったと思われる。通化に進駐してきたソ連軍はほとんどの兵士が腕に時計を上から手首まで十個も二十個も巻きつけていた。通化に進入してくるまでに途中で一般日本人より、戦利品として略奪したものである。ほとんどの兵士がそうであった。

私が工作員の仕事をしていると中国人から聞いたのであろうか、以前繁昌していた料理屋の前に来て私に拳銃をつきつけ、「マダムネート、マダムネート」と呼びながら私に女を探せというのである。私は拳銃をつきつけられて一部屋、一部屋と女を探しまわったが、ソ連軍の女狩りを知ってか、女は早くもどこかに逃げかくれて、もぬけの空である。

そんな通化の悲惨な状況の中で私も工作員としての、専員公署での共産教育に耐えきれず、ネをあげていた。病気といって偽り、何ヶ月も休むこととなる。先方もあきらめたようであった。工作員としての仕事も自然消滅してしまった。

食べていかなければならない、今からどうしてやっていくか、色々と考えたが、私が工作員の時面倒を見ていたレストランをやっていた皆川さんのことを思いうかべた。よし、食堂をやってみようという事で、長崎屋の看板を出したのは数日後の事である。

材料も資金もないので、路地でやろうと決心した。場所は太平街の四つ角で、地の利は申し分ない。四つ角の道路と建物のすき間に机と椅子を置き、周囲は天幕を張った、実に簡単な作りである。

うどんと氷菓を始めたが、氷菓は以前作ったことがあり、ブリキの大筒に小筒を入れ、周囲に氷を入れ、塩と氷を次々に入れて中の小筒を回転すると、小筒内の液体が固まる仕組みである。

知り合いの中国人がよく来てくれて、どうにか生活することができた。日本人として初めての露天店舗の試みで、めずらしさも手伝って、まあまあの成績であった。

そのような事で半年くらいは露天生活をして生計を立てていた。

そうこうしているうちに、阿部さんグループより連絡があり、国民政府の通化地区治安政策に協力してみないかという事で、伊藤・阿部さん達と一緒に生活するようになった。

生活は阿部さんが面倒を見ることとなる。私の仕事は兵器を探すことであった。二・三事件の計画は着々と準備されていた。阿部さんからまた、共産党の工作員として八路軍の内部調査をする様に強く依頼があった。

これより私は県大隊の工作員として県大隊に起居を共にすることとなった。県大隊には山田工作員がいて日本人をいじめるので、多くの日本人から嫌われていた。山田工作員の行動と県大隊の行動を報告することとなる。

佐藤、西川の両氏も私が専員公署の劉さんにお願いして八路の工作員に採用してもらった。佐藤、西川は専員公署詰めとなった。阿部さんの指示で八路軍日本人の工作員は、西川、佐藤、山口の三人で、八路の工作員でありながら、阿部さん方（国民政府）と連絡をとっていた。

一方では以前一二五師団の参謀をやっていた藤田大佐が渾江の炭鉱にのがれていたので、これを通化に呼んで藤田大佐のもとに兵士を集めるということが実行されていた。

県大隊は赤松少尉他二十名、公安局は伊藤中尉他十名、専員公署は赤川大尉他三十名と、各攻撃目標と人員も決定した。腕には東辺道地区暫定政府の腕章を腕にまき、これが目印とされた。

私は県大隊に起居を共にしていたので、政府軍が攻めてきたら腕章を出そうとパンツの中に隠しもっていた。そしらぬ顔をして毎日の務めをしていた。

いよいよ二月三日の早朝を期してこの三ヶ所の攻撃命令が下った（この事は前もって話し合われていた）。早朝五時である。私は県大隊にいつものように就寝していた。心はおだやかでなく、攻撃は今か今かと思い、気が気でない。

　すると、正門の方向から銃声がひびいてきた。残留日本軍の攻撃が始まったのである。八路軍の警備の兵士が二人、三人討たれた模様で、ドン隊長が、山口《サンコウ》と不気嫌な荒らげた声で、部署につくよう命令する。

　県大隊の中も右往左往していたが、しばらくしたら静かになった。後で聴いた事だが、山にこもっていた日本軍の残存兵士が山から下ってこなかったのである。

　パンパンという銃声だけで攻撃はしてこなかった。私は腕章が気になったので、便所に行き、腕章を棄てた。

　公安局は日本軍が完全に制圧したと聞いている。

専員公署では佐藤、西川の工作員証明書を略奪して八路軍の工作員になりすました。赤川大尉以下数人が攻撃したが力不足で、捕虜となった。二・三事件は失敗したのである。

通化の日本人の男性はすべて八路軍によって留置されることになった。通化には留置場といっても県大隊、公安局、専員公署の三ヶ所にしかないので馬小屋を改装して留置場を作り、ここに収容することになる。せまい留置場に何十人と入れるので留置場の中は暑くて、気が狂い出し留置場より飛び出す者もいたが番兵は容赦なく小銃で打ち殺した。

留置場の中の人は、のどが渇き、「水をくれ、水をくれ」といって喚《わめ》きちらす生き地獄の様相を呈していた。

この二・三事件より八路軍の日本人狩りは激しさを増してきた。警察軍特務に従軍していた者は容赦なくほとんど処刑され、その死がいは氷結したスンガリーの河の上に山とつまれた。

阿部大尉、伊藤中尉等によって祭りあげられた藤田参謀は八路軍によって人民裁判にかけられることとなる。通化の百貨店の入口に立たされ手錠をかけて「此の者が事件の主謀者」とか「ファシズムの悪玉」といった色々と悪評を書いた紙を体に張りつけられて一般の人に見せしめにされ、「此の者はどういう処罰するか、皆んなで決めてくれ」と人民裁判にかけられたのである。

後で聴いたのだが藤田大佐は八路軍の手により処刑されたのである。

事件の計画者、ジャン・サイリョウ、阿部大尉、伊藤中尉の面々は事件が失敗したと見るや奉天にのがれていた。

私は県大隊の工作員として残り得たので留置されている

日本人と家族との連絡にあたるのが精一杯の、私にできる仕事になっていた。

西川、佐藤の両者は赤川大尉に工作員の証明書を渡し専員公署に突入する手助けをしていたので、八路軍への発覚を恐れて、一般の民家に隠れていたが、事件が失敗するや外に出るに出られず困っていた。街では日本人狩りが始まっていた。日本人の男性は一人残らず留置されたのである。

八路軍の証明書がなければ街を歩くことも出来なかったのである。そこで私の処へ西川より助けてくれとの連絡があり、近くのそこへ行き、二人を専員公署に連れて行き、署長に工作員の証明書を奪われた事情を話し難なきを得た。

三人は何くわぬ顔をして工作員の仕事を続ける事になる。公署の取調室では赤川大尉以下数名の取り調べが行われている。西川、佐藤は自分達の工作員の証明書を、赤川大尉に貸したもので、その事がばれはしないかと気が気でない。赤川大尉が取り調べられていたが、西川は自分の腹をたたいて、「腹でいけ、腹でいけ」と赤川大尉に了解を求めていたようである。

取り調べが進み、事件の全貌もだんだんと明るみになり通化の街も平穏を取り戻したように見えた。

その頃から奉天、新京方面の日本人は内地帰還が始まっていたのである。通化地区に於ては八路軍の統治下にあり、ようやく、遅まきながら内地帰還の日時が示されることとなった。私達工作員もうれしい気持ちはあるものの半分は恐いような気持ちもあった。

帰還の報が伝わると工作員に対する反感の気持ちを持った者もおり、何かにつけて私達を、けり落してやろうといった空気がただよっていた。

奉天までの帰還が大変で途中は馬車隊が編成され、一車隊に三十人位乗り、十車隊まで続いた。荷物は制限されて財産という財産は残したままで、中国人にただであげてきたのである。

奉天が近づくにつれ、一二五師団でシベリアに行かなかった坂本准尉等は私たち工作員を日本に帰さない様に運動していた。奉天についたら案の定、国民政府の要人が来て、八路軍の仕事をしていた男女、私達を含めて六名が留置される身となっていた。

内地帰還隊は一応、奉天収容所におさまった。収容所で永くて一ヶ月位して葫蘆島に出発するのである。私達は迎えにきた国民政府の要人と別の所へ移されていた。

奉天の留置場にて取調べは続いた。六日過ぎた頃通化で一緒に仕事をしていたジャン・サイリョウ氏が、ひょっこりと私達をたずねて来たのでびっくりした。私達が留置されているときいて早速、助けに来てくれたのである。二日程してすぐ釈放された。中国人が友達を大切にする事をしみじみと味わった。

私達と一緒に引揚げて来た通化よりの帰還隊は、すでに内地に向け葫蘆島についていた、私達三名は次の帰還隊に合流して葫蘆島に出発した。残りの女性三名は共産党員であったのでいつ帰還したか定かでない。

葫蘆島に一晩泊まり、翌日の船に乗船する事になった。

帰還船の船上に於ては挺身大隊の柿本初年兵以下数名が上官にいじめられた腹いせに上官を甲板上に呼び出し、暴行を加え、航行中の船上より放り投げた者もいて、船上にてはお互いの憎しみが戦われていた。これは長崎市の大浦の私の店にて柿本一等兵が告白した言葉である。

黄海は波は静かで、しんしんと船は日本に向けて走っていた。

日蔭しセリルアンブルーの空の下に波うねりなく海の死に色静寂の世界であった。

通化での私の生活を述べると、共産党の工作員をやめると食生活ができなくなったので、満人相手のアイスクリーム屋でもやろうと思いたった。

ブリキの大筒を作り、その中に原液を入れる筒を作り小筒の間に氷をつめて、それを回転することでアイスクリームを製造するのである。乳母車を買い求め、そのアイスクリームの機械を積み込んで、氷菓のハタを作り、機械に立てて満人の繁華街にくり出すのである。

珍らしさもあって、最初のうちはよく売れた。毎日の仕事となった。

一般の日本人は売り食いをしいられていた。日本人の着物、生活道具等すべての物を満人に売り生活をした様である。あげくに、苦しくなると同僚であっても自分のためにならぬ者は満人に売り、自分を守る者もでる始末であった。

あとがき

父がこの手記について言い残してから約二十五年が経過しました。

癌で闘病していた父から「これを世に出してくれ」と託されたのが本書です。

通化事件を扱った書籍はたくさんあるようですが、中国共産党軍からみた体験記はめずらしいのではないでしょうか。

父はもうこの世にはいませんが、出版を喜んでくれていると思います。改めて父と共に我々も戦争の残酷さ、悲惨さを訴えていきたいと思うものです。

二〇二四年　残暑つづく長崎にて

山口覚　長男　覚博

二男　靖弘

著者プロフィール

山口 覚（やまぐち さとる）

大正11年2月8日生まれ
長崎県出身
旧制諫早中学校卒業
旅順工科大学技術員養成所卒業
経済監視官
自営業（麺類製造直売）

通化事件 日中戦争終結後の悲劇

2025年4月15日　初版第1刷発行

著　者　山口 覚
発行者　瓜谷 綱延
発行所　株式会社文芸社
〒160-0022　東京都新宿区新宿1－10－1
電話　03-5369-3060（代表）
03-5369-2299（販売）

印刷所　株式会社暁印刷

ISBN978-4-286-26433-2